I0686801

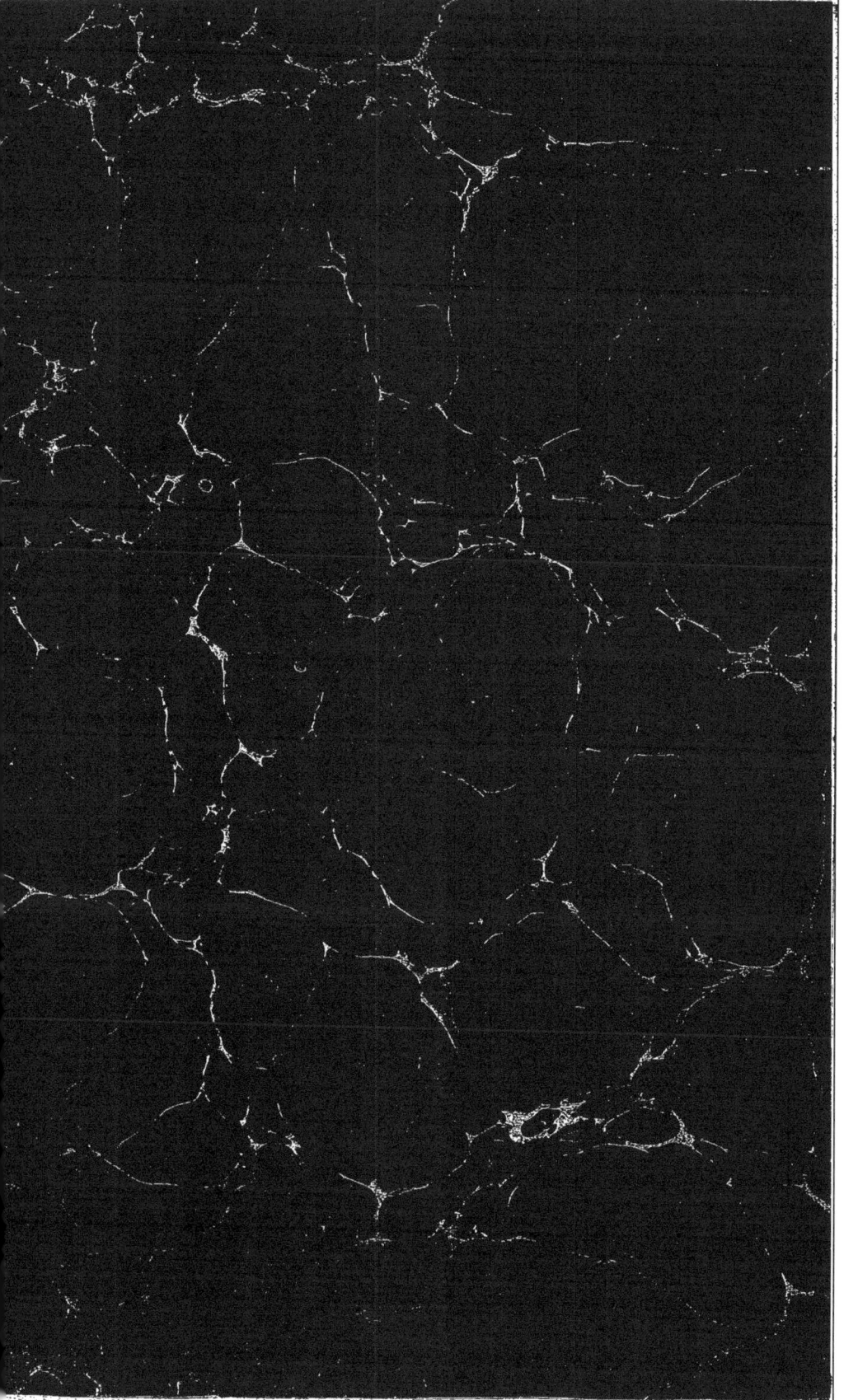

Dorat

Masson de Pezay (Mis)

Ye   2451

LE POT-POURRI,

ÉPITRE

A QUI ON VOUDRA;

SUIVIE

D'UNE AUTRE EPITRE,

Par l'Auteur de Zélis au Bain.

D^m N.º 2700.

A GENEVE,

Et se vend

A PARIS,

Chez SÉBASTIEN JORRY, Imprimeur-Libraire,
rue & vis-à-vis la Comédie Françoise, au Grand
Monarque & aux Cigognes.

M. DCC. LXIV.

V Réserve
5492
C y

UN VOYAGE , *que je fis l'Automne dernier*
à Pezav près de Blois , a donné lieu à cette
Epitre. Il femble que la Nature ait choifi les
bords de la Loire, pour y déployer fes plus
riches ornemens. C'eft-là qu'elle eft riante &
majeftueufe à la fois ; c'eft-là qu'elle préfente
à l'imagination les tableaux les plus variés.
J'ai tâché d'en reproduire quelques-uns dans
cet Ouvrage , où je peins ce que j'ai vu,
& où j'exprime ce que j'ai fenti. L'Épitre
qui fuit eft de l'Auteur de Zélis au Bain. Le
Public fera fans doute bien-aife de voir réunis
deux Ouvrages auxquels a préfidé l'amitié,
fi rare parmi ceux qui écrivent.

C. Eisen inven   N. le Mire Sculp

Ch. Eisen invon.
N. le Mire direxit.

LE POT-POURRI,

EPITRE

A QUI ON VOUDRA.

Ainsi donc, changeant de pinceau,
Ma Muse docile & volage
Va pour toi de notre Voyage
Crayonner le léger tableau.

Mais laisse-moi, Belle ÉMILIE,

L'heureuse & douce liberté

De me livrer à ma folie.

La Nature toujours varie ;

D'objet en objets emporté ,

Je veux imiter sa magie ,

Qui naît de la diversité.

Loin de moi le style apprêté ,

Et la froide monotonie.

Tantôt , Disciple d'Hamilton ,

Qu'à tous nos Sages je préfère ,

Je m'efforcerai , pour te plaire ,

D'imiter son aimable ton ;

Tantôt , sérieux par prodige ,

Et raisonnable par accès ,

Je sortirai de mon vertige ,

Je r'embrunirai tous mes traits.

Sombre comme un Docteur de Londre ,

Je me guinderai vers les cieux ,

Et je t'ennuirai de mon mieux :

C'eſt de quoi j'oſe te répondre.

Quelquefois même, plus heureux,

Je t'arracheraí quelques larmes :

Le Sentiment, ſi plein de charmes,

Viendra ſe mêler à mes jeux.

Philoſophe dans mon délire,

Je m'applaudis de ſoupirer :

Celui qui ne ſçait pas pleurer

N'a pas acquis le droit de rire.

Me voilà prêt, allons, ſuis-moi :

Tu crains la longueur de la route ?

Mille fleurs y naîtroient ſans doute

Si je la faiſois avec toi.

Nos courſiers, pleins d'honneur & d'âme,

Nous traînent en grand appareil,

Et déja reſpirent la flâme,

Comme les courſiers du Soleil;

Déja , dans notre vol agile,

Nous voyons fuir ces beaux remparts ,

Où s'endort un peuple futile ,

Au fein des Plaifirs & des Arts :

Déja fur un côteau fertile

Nous laiffons errer nos regards,

Laffés du fafte de la Ville,

Où l'ennui roule dans des chars.

Du Zéphir l'haleine eft plus pure ;

D'un lieu triftement fortuné

Nous quittons l'air empoifonné,

Pour les parfums de la Nature.

Et le plaifir, & le chagrin,

Tout eft compenfé dans le monde:

Oui, c'eft un immenfe jardin

Où la rofe & l'épine abonde.

Dieu fit, je le crois volontiers,

Pour l'agrément de nos voyages,

Ces beaux vallons, ces payfages :

Mais

Mais, pour le supplice des Sages,

Le Diable a créé les rouliers.

Que peut une frêle voiture

Contre ces gros mondes roulans,

Traînés par six monstres pesans,

Aussi mal appris, je te jure,

Que leurs guides impertinens,

Toujours yvres, toujours jurans,

Aveugles, sourds, impitoyables,

Qu'il faut tuer de temps en temps,

Pour les rendre un peu plus traitables.

Grace aux chocs, devenus fréquens,

Cent fois notre conque légère

Pensa se briser comme un verre,

Et nous laisser, le long des champs,

Philosopher sur la poussière.

A la fin un peu mécontens,

Appellant l'adresse à notre aide :

A ces petits désagrémens,

Nous fumes chercher le remède,
Chez un Armurier d'Orléans.

Nous prîmes chacun, fans mot dire,
Un de ces tubes menaçans,
Qui, lorfqu'on les préfente aux gens,
Font que foudain on fe retire :
Qui vous atteignent à cent pas
Tout infolent, que Dieu confonde !
Et vont lui cinglant le trépas,
Le plus adroitement du monde.
Comme la frayeur rend polis !
Il falloit voir, humbles, foumis,
Tous nos animaux de la veille,
D'un certain éclat éblouis,
Se détourner, baiffer l'oreille,
Et faluer nos deux fufils.

Sans embarras & fans contrainte,
En vainqueurs nous marchons enfin ;

Et le fpectacle de leur crainte,

Charme les ennuis du chemin,

Que dis-je ! l'ennui, je t'affure ,

Sous un ciel toujours varié ,

Loin du bruit & de l'impofture ,

N'approche point de l'amitié

Qui voit fourire la Nature.

O lieux ! ô rivages chéris !

Fleuve fécond, fuperbe Loire ,

Jamais , jamais tes bords fleuris,

Où Cérès, le front ceint d'épics ,

Etale fa pompe & fa gloire,

Le cours paifible de tes eaux ,

Ces prés , ces bois & ces côteaux

Ne fortiront de ma mémoire. . .

Quels feux colorent l'horifon !

O Dieux ! quelle belle foirée !

Du Soleil le dernier rayon,

Jouant fur là voute azuréé ,

Ne peut quitter cette contrée ,

Malgré l'ordre de la faifon.

Son or & fa pourpre mobiles,

Au fond des flots font réfléchis :

La préfence de deux Amis

L'a fufpendu fur ces afyles.

Il voit en fon immenfe cours

Cent mille Amans & leurs Maîtreffes ,

Se jurant de fauffes tendreffes ,

Gémir dans le fein des Amours.

Il voit des âmes orgueilleufes

Qui n'ont que leurs defirs pour loix :

Il voit des vertus faftueufes ,

Des Rois malheureux d'être Rois.

De toutes parts il voit le crime ,

Sous cent formes multiplié ,

Et prefque jamais l'Amitié

Ne s'offre à fon regard fublime.

Cette noble Fille des Cieux,

Toujours plus riante & plus belle ;

Quand elle vient frapper fes yeux,

Vaut bien qu'il s'arrête pour elle.

Enfin fon difque éblouiſſant

Roule fous un autre hémifphère ;

Et Phébé vient en rougiſſant

Nous prêter fa douce lumière.

Remplis de ces vaſtes objets,

Offerts par des plaines fécondes,

Qu'entourent les plus belles ondes

Où règne une touchante paix :

Nous nous difions : que ce rivage

Du Bonheur nous peint bien l'image !

Ici rien n'attriſte les yeux.

O Ciel ! dans un fi court voyage

Aurions-nous trouvé des heureux ?

Le Payfan laborieux,

Recueillant le fruit de son zèle,

N'a-t-il à craindre dans ces lieux,

Ni la Taille, ni la Gabelle?

Ce pays, par-tout habité,

Est par-tout riant & tranquille :

N'est-il point encor infecté

Par l'avarice de la Ville?

Inspirés par l'humanité,

Nous chérissions de si doux songes :

Au défaut de la vérité,

Il faut embrasser des mensonges.

Du Récit j'observe les loix ;

Quand on conte, il faut aller vîte.

Je ne t'arrête point au gîte,

Et je touche aux remparts de Blois.

Déja s'élève dans la nue

Cet Amphithéâtre vanté,

Qui, par la Loire répété,

Satisfait doublement la vue.

On découvre fur la hauteur

Ce Palais vaste & magnifique,

Qu'habite, au fein de la grandeur;

Avec un faste canonique,

Dans le costume évangélique,

Un des Apôtres du Seigneur.

Tu connois ce Châtel antique

Que fit bâtir François Premier;

Mazure bifarre & gothique,

Mais qu'il ne faut point oublier.

Sur-tout fon Concierge fidèle

Mérite bien d'être cité :

C'est un Monfieur, tout plein de zèle,

Et très-plaifant en vérité.

Malgré la pefanteur de l'âge,

Et fes deux aulnes de vifage,

Il va grimpant, trottant, foufflant;

Vous indique chaque paſſage,

Et s'extaſie à tout inſtant.

Il voit de la magnificence

Où l'on ne voit que des débris :

Il n'eſt point de trou de ſouris,

Qui ne faſſe honneur à la France.

Dans les recoins les plus obſcurs

Très-gravement il vous promène ;

Il vous fait admirer les murs

Comme des murs de porcelaine.

Souvent, pour vous inſtruire mieux,

Il s'arrête, ferme les yeux,

Met ſes deux mains ſur ſa bedaine,

Et puis voilà mon gros menteur

Qui, ſans oſer reprendre haleine,

Vous dit tout ſon Château par cœur.

Paſſons des diſcours ſi ſublimes.

Dans ce Château, jadis fameux,

Où

Où, parmi les ris & les jeux,

La haine marquoit ses victimes ;

Séjour brillant & dangereux,

Où logeoient les Rois & les crimes,

Logent aujourd'hui la candeur,

Et la vérité sans nuage,

La vertu sans trop de rigueur,

Et le bon ton sans étalage.

Par fois on y rencontre un Sage,

Jusqu'à plaire osant s'abaisser ;

Un bon humain, très-peu sauvage,

Qui sçait rire & qui sçait penser ;

Sçavant sans faste & sans rudesse :

Charmant, quoiqu'il dise la Messe,

Un simple, un fortuné mortel,

Qui ne rougit point d'être aimable,

Et sçait quitter le saint Autel,

Pour venir s'amuser à table.

C

Qu'avec plaifir j'ai contemplé

Ce féjour *, refpecté par l'âge,

Où l'on vit jadis affemblé

Un vénérable Aréopage !

Dans ce vaſte afyle autrefois

L'altière & puiſſante Nobleſſe,

Le Clergé, toujours plein d'adreſſe,

Et le Peuple, immolé fans ceſſe,

Pefoient & défendoient leurs droits.

Aujourd'hui, c'eſt dans ce lieu même

Que, le jour pênchant vers ſa fin,

Des Bléfoifes le jeune eſſain

Vient rendre hommage au Dieu fuprême

Qui tient un flambeau dans ſa main.

L'obfcurité les favorife

Sous ces lambris majeſtueux :

Chaque colonne a ſa devife,

Ses vers & fon chiffre amoureux.

* *La Salle où fe tenoient autrefois les Etats.*

Les mères en font exilées ;
On n'entend que tendres foupirs,
Et ces voix inarticulées,
Organes confus des plaifirs.
L'Amour dans les airs s'y balance,
Applaudit à ces doux ébats,
Et rit de tenir fes Etats.
Où fe tenoient ceux de la France.

Dans ces effets, qui font des jeux,
Je reconnois la main des Dieux.
Tout meurt, fe diffout & s'écoule ;
Tout renaît fous des traits divers :
Le torrent des âges qui roule
Ufe & reproduit l'Univers.
Athènes n'eft plus qu'un village ;
Les Arts fleuriffent à Berlin.
Le François frivole & volage
Peut ceffer de l'être demain.

Du Midi le Nord eſt l'Ecole ,

Le Ruſſe eſt devenu badin ;

On dit la Meſſe au Capitole.

Prêtant le flanc de toutes parts ,

Rome, en proie aux eſprits crédules ,

A des croix au lieu d'étendarts ,

Et c'eſt un vieux Pontife en mules

Qui règne où régnoient les Céſars.

O Temps ! éxerce ton ravage ,

Et plane ſur les élémens.

De ce Monde, où paſſe le Sage ,

Sappe en ſecret les fondemens.

Que me fait ta faulx vengereſſe ,

Si je conſerve des deſirs ,

Si l'Ami, que le Ciel me laiſſe ,

Préſide à mes heureux loiſirs ;

Si tu reſpectes mes plaiſirs ,

Et les charmes de ma Maîtreſſe ?

Mais de ces différens tableaux,
Qu'a tracés ma Mufe légère,
Amante des objets nouveaux,
Venons à ceux que je préfère.

Ciel! quel fpectacle attendriffant!
Je vois, dans leur tranfport fincère,
Une Fille, un Fils, une Mère,
Rire & pleurer en s'embraffant.
Tu partageas bien cette joie,
Toi, le témoin de leur bonheur,
Toi dont le front ferein déploie
Et la franchife, & la candeur:
O toi! Philofophe fenfible,
Qui, dans ta retraite paifible;
Jouis du Ciel & de ton cœur.

Réjouis-toi, ma tendre Mère,
Toi, la Mère de mon Ami;

Tu n'es point heureuſe à demi,

On t'aime autant qu'on te révère.

Renais au ſein de tes enfans :

Que leur jeuneſſe te couronne,

Et que l'éclat de leur printemps,

Embéliſſe encore ton automne !

Ce ſont deux fleurs, tu le vois bien,

Que fit éclorre la Nature,

Pour ſervir enfin de parure

A l'arbre qui fut leur ſoutien.

Notre Compagne de Voyages,

Eſt plus aimable que jamais.

Compte qui voudra ſes attraits,

Je n'aime point les longs Ouvrages.

Loin du tourbillon des Amans,

Libre, ſatisfaite & tranquille,

Elle moiſſonne dans les champs

De nouveaux charmes pour la ville.

Fuyant les Dieux & leurs lambris,

C'eſt Vénus qui ſe fait Bergère :

Malheureuſement le pays

Eſt très-ſtérile en Adonis.

On prétend qu'il n'en fournit guère ;

Et Mars, qui vaudroit encor mieux,

Mars, à vaincre toujours habile,

De Chambor a quitté l'aſyle,

Pour aller habiter les Cieux.

On ne ſçait point feindre au Village.

Une ſimple & champêtre Cour

Vient offrir à mon jeune Sage

Des cœurs ſans fard, un pur hommage,

Payés du plus juſte retour.

Maître Colas & Maître Pierre,

Bons Auvergnacs, remplis de ſens,

Très-peu verſés dans la Grammaire,

Prononcent leurs lourds complimens,

Bien incultes, bien éloquens,

Bien au-deſſus du fade encens

De la politeſſe ordinaire.

Oui, j'aime mieux ces vrais humains,

Ne toiſant jamais leur langage,

Que ces diſcoureurs enfantins,

Toujours enchaînés par l'uſage,

Qui vont diſtillant la fadeur,

Que rien n'attendrit & ne touche;

Qui vous diſent avec la bouche

Ce qu'il faut dire avec ſon cœur.

Ah! ſans ceſſe je me rappelle

Ce jour de Fête & de bonheur,

Cette ſcène pour moi nouvelle,

Que dédaigneroit la grandeur,

Toujours froide & toujours cruelle.

Dès le matin, dans le Château

On fit entrer tout le Village.

Téniers,

Téniers, prête-moi ton pinceau,
Toi, la Fontaine, ton langage;
J'en ai besoin pour ce tableau.

Déja le flageolet gothique
A donné le signal des jeux;
Et de l'allegresse rustique
L'éclat brille dans tous les yeux.
On se mêle, on choisit sa place,
Par instinct on va s'embrasser;
Déja chaque main s'entrelace,
Et le grand rond va commencer.
De cris joyeux le Ciel résonne;
Colinette, pour refuser
Ce que pourtant Lise abandonne,
Vous attrape un bon gros baiser,
Qu'en riant Mathurin lui donne.
Sans trop songer aux spectateurs,
On fait faire un saut à Pérette;

D

Zéphir, qui dans les airs la guette,
L'expofe aux regards des railleurs.
Pérette ignore la décence,
Ne fçait point qu'il faut fe fâcher;
Et croit n'avoir rien à cacher,
Parce qu'elle a fon innocence.
Plus loin des groupes de Buveurs
Trinquent fur une vafte tonne,
Qu'une branche verte couronne;
Le vin ruiffele fur les fleurs.
Des vieillards affis fous l'ombrage,
Semblent ranimer leur langueur :
Leur front, tout fillonné par l'âge,
Reprend la vie & la couleur.
La joie a paffé dans leur âme,
Ils fe rappellent leur printemps;
Et leur œil prefqu'éteint s'enflâme
De la gaité de leurs enfans.
Je vois des Laboureurs naiffans

Courir fans guide & fans lifières :

Les plus jeunes, plus careffans,

Reviennent, auprès de leurs mères,

Jouer avec les cheveux blancs

Et la barbe de leurs grand-pères,

Qui vont bientôt mourir contens.

EMILIE, à ce Bal ruftique,

Que je viens d'offrir à tes yeux;

Comparons nos Bals faftueux,

Notre Danfe foporifique,

Nos Quadrilles fi langoureux,

Et notre ennui fi magnifique,

Et notre effort pour être heureux.

Pourquoi d'un carton odieux

Charger les traits de l'allegreffe ?

Rougiffons-nous de notre yvreffe ?

Le mafque eft-il fait pour les jeux ?

J'aime ces fronts où tout refpire,

Où des cœurs se peint le délire ;

Ces miroirs de la vérité,

Que nulles vapeurs ne terniffent,

Où dans leur jour s'épanouiffent

Tous les rayons de la gaité.

Par-tout nous portons nos entraves,

De rien nous ne fçavons ufer :

Nous reffemblons à des efclaves,

Que l'on condamne à s'amufer.

Perdu dans la foule bruyante,

On fe coudoie, on fe pourfuit,

On bâille, on ment, on fe tourmente ;

Chacun ou fe cherche, ou fe fuit.

On voit des Grâces douairières,

Allant, précipitant leurs pas,

Et refferrant leurs vieux appas

Dans des jufte-au-corps de Bergères ;

Des ours chamarrés de rubans,

Des diables pleins de gentilleffe ;

Et fur-tout de jeunes Sultans,

Qui n'ont pas même une Maîtreffe.

On s'échappe, on déferte enfin :

L'ennui feul veille au fond des âmes ;

Et les nerfs de toutes nos femmes

Sont ébranlés le lendemain.

Je l'avourai, Belle E M I L I E,

Je puife ici des goûts nouveaux ;

J'aime la pente des côteaux ;

D'où l'œil commande à la prairie ;

Où ferpentent mille ruiffeaux.

Soit que l'aftre du jour achève

Le cours qu'il décrit dans les airs ;

Ou foit que l'Aurore foulève

Le grand rideau de l'Univers ;

Toujours ma rapide penfée

S'élance, & me fait des plaifirs ;

Mon âme fans ceffe exercée,

Forme fans ceffe des defirs.

Je vois & j'entends la Nature ;

Elle vole avec les Zéphirs :

Dans cette fource elle murmure ;

Et femble, fous cette verdure,

Laiffer échapper des foupirs.

Son empreinte eft dans ces nuages,

Dont le voile obfcurcit les cieux :

Elle tonne avec les orages ;

Elle étincele dans les feux.

Par-tout de fa main bienfaifante

Je reconnois les vaftes dons :

Elle parle, fa voix puiffante

Fait rouler le char des faifons,

Et c'eft aux frimats qu'elle enfante

Qu'on doit l'or flottant des moiffons.

Ici je penfe, je fuis homme.

Philofophes que l'on renomme,

Je vous furpaffe en ce moment :

J'en attefte la Raifon même.

Vous fûtes fages par fyftême,

Et je le fuis par fentiment.

En ces lieux au moins je puis rire

De tes prétendus Beaux-Efprits,

Fameux dans l'art de la Satyre,

Briguant à grands frais le mépris ;

Sans qu'un pareil choix leur déplaife,

J'y puis être fot à mon aife,

Et me moquer de leurs Ecrits.

Pourvu qu'au foir je me repofe,

Après les plaifirs d'un beau jour,

Et que ma main cueille une rofe

Sur les arbuftes d'alentour ;

Qui peut me nuire ou me diftraire ?

Que me font les vaines rumeurs,

Les Libelles & leurs Auteurs ?

Cet afyle eft un fanctuaire

D'où n'approchent point leurs fureurs.

Je voüë à l'Amitié fidelle
Mes inſtans, fortunés par elle.
Que dis-je! en cet heureux ſéjour,
Il en eſt auſſi pour l'Amour.
Dans la retraite ſolitaire
Le cœur eſt prompt à s'enflâmer;
A la ville on ne veut que plaire,
C'eſt dans les champs qu'on veut aimer.
Après les frivoles tendreſſes
De nos élégantes Beautés,
Ce long commerce de foibleſſes,
D'ennuis & d'infidélités:
Après ce triſte perſifflage,
Que l'on appelle ſentiment,
La fatigue d'être volage,
Ou le dégoût d'être conſtant;
Combien il eſt doux pour le Sage
De s'envoler dans les forêts,
Et de chiffonner les attraits
De quelques Nymphes de village!

Toi,

Toi, l'unique objet de mes vœux,

Aline, ô toi que je préfère,

Sans ornemens tu fçais me plaire,

Sans art tu fçais me rendre heureux.

Va, ton art eft d'être fincère.

Pour moi, je n'oublirai jamais

Ce jour où, près d'une bruyère,

J'appris à ma jeune Bergère

De l'Amour les premiers fecrets.

Quelle vérité! que d'attraits!

Dans ton fein couloient quelques larmes :

Elles humectoient nos baifers;

Et déja tes voiles légers

Cefloient de m'envier tes charmes.

Heureux le mortel tranfporté

Qui, voyant pancher la balance,

Saifit le moment fouhaité,

Triomphe de la réfiftance,

Et fait fentir à la Beauté

E

La douloureuſe volupté,

Où meurt la timide innocence !

Bannis ſur-tout de vains regrets.

Pour un bien que l'Amour moiſſonne ;

Il en eſt mille qu'il nous donne,

Et ſes larcins ſont des bienfaits.

Ce Dieu nous couvre de ſon aîle :

Mon bonheur peut être ignoré ;

Aime-moi bien, fois-moi fidelle,

Et n'en dis rien à ton Curé.

EPITRE

A MON AMI.

Au retour du Voyage qui a donné lieu
au POT-POURRI.

Ch. Eisen inv.   De Longueil Sculp.

ch. Eisen.   de longueil fecit

E P I T R E
A M O N A M I.

L'ESSAIN frivole des menfonges

Vient-il encor troubler mes fens ?

Ce tumulte, ces cris perçans

Ne feroient-ils que de vains fonges ?

Mais, non; loin de moi le fommeil

A fui fur fon aîle légère :

Mon œil s'entr'ouvre à la lumière,

Et tout m'annonce le réveil.

Il femble à ma vue incertaine,

Que l'aftre fuperbe du jour,

Qui fait étinceler la plaine,

Ne voit qu'à regret ce féjour,

Et ne l'éclaire qu'avec peine.

Quel amas confus de Palais

Vient me dérober fon image,

Et cache à mes yeux ces bofquets,

Où mille oifeaux par leur ramage,

Sous le dais d'un naiffant feuillage,

Annonçoient l'Aurore & la Paix ?

Quelle vapeur lourde & groffière

Remplace cet air épuré,

Que dans ma grotte folitaire

J'ai tranquillement refpiré ?

Au murmure de la Colombe,

Soupirant tout bas fes amours,

Au bruit de ce ruiffeau qui tombe

Et fe replie en cent détours,

Au chant, & naïf, & ruftique

Du Payfan laborieux,

A ce repos philofophique,

Quel fracas fuccède en ces lieux ?

Ne fuis-je plus dans cet afyle

Où, dans un calme ftudieux,

Chaque matin pur & tranquille

M'annonçoit un foir plus heureux ?

ARISTE, mes yeux s'éclairciffent ;

ARISTE, le charme eft détruit :

Loin de moi le calme s'enfuit,

Et déja ces beaux jours finiffent.

Ici tout s'achète & fe vend :

J'entends l'Echo, qui s'épouvante,

Repouffer la voix glapiffante,

Qui nous propofe, à prix d'argent,

Tous ces biens que la Terre enfante,

Ces végétaux, ces alimens,
Que deſtinoit à ſes enfans
Cette mère compatiſſante.

Tilleuls que mes mains ont plantés,
Quand reverrai-je vos ombrages ?
Ah ! ſi mes vœux ſont écoutés,
Si Palès reçoit mes hommages,
Pour vos fleurs & pour vos feuillages,
Les vents ne ſont plus redoutés :
Des jours ſereins & ſans nuages
Viendront raffermir vos rameaux,
Et les tourbillons des orages
N'inſulteront point vos berceaux.
Que je vous regrette & vous aime,
Lieux fortunés, ſimples réduits,
D'où la main du Plaiſir lui-même
Ecarte les ſombres ennuis !
Où, près d'une ſenſible Mère,

Contre

Contre le fien preffant mon cœur,

Toujours tendre & toujours fincère,

Je verfois les pleurs du bonheur !

Où mon yvreffe toujours pure,

Où ces baifers de la Nature,

Que j'obtenois à tous momens,

Sans nul remord & fans contrainte,

Livroient, & mon âme, & mes fens

Aux vertueux épanchemens

De la volupté la plus fainte ! . . .

De ton front ridé par les temps

Le bonheur réparoit l'outrage,

O cher objet de mon hommage !

Chaque regard de tes enfans

Des temps effaçoit un ravage ;

Et les beaux jours de leur printemps

Sembloient diffiper le nuage

Et les langueurs de tes vieux ans.

Jamais, jamais de ma mémoire
Ne fortiront ces heureux jours :
Hélas ! ils ont été trop courts,
Pour mon bonheur & pour ma gloire.
Rien ne manquoit plus à mes vœux ;
Et, béniffant la deftinée,
A chaque inftant de la journée
Je faifois prefque des heureux.

Quelquefois parcourant les plaines,
Mêlant la fatigue à mes jeux,
Je rencontrois un malheureux,
Soudain je foulageois fes peines.
Eh, quoi ! me difois-je en fecret,
Si peu de chofe eft un bienfait !
Quoi ! d'un membre de la Patrie,
Et d'un être femblable à moi,
Je viens de racheter la vie !
Ah ! que de bien peut faire un Roi !

Au sein d'une mère éplorée,

Dans une chaumière souvent,

Je voyois un débile enfant,

A la mammelle déchirée,

Sucer le lait avec le sang ;

Tandis que, renversés par terre,

Livrés aux besoins dévorans,

Cinq ou six êtres languiffans

Offroient aux Cieux, pour leur prière,

Leurs lugubres gémiffemens.

Hélas ! si mes mains impuiffantes

Ne ramenoient pas le bonheur,

Au moins je sufpendois l'horreur :

Quelque temps mes mains bienfaifantes,

Dans ces demeures défolantes,

Sembloient enchaîner la douleur.

Touché de ces cris lamentables,

Je defirois des monceaux d'or :

Le feul afpect des miférables
Doit faire envier un tréfor.

Vous, dont la peine eft le partage,
O vous! enfans laborieux,
Qui cultivez mon héritage,
Quand pourrai-je accomplir mes vœux?
Et, miniftre de l'Etre fage
Dont la fplendeur remplit les Cieux,
Ramener dans votre Village
Le calme, l'aifance & les jeux?
Tant que la voix de l'indigence
De vos folitaires côteaux
Epouvantera le filence,
Loin de moi fuira le repos :
Il fuira loin de ma paupière,
Tant que l'effrayante mifère
Pourra vous faire envifager,

Comme le plus cruel danger,

Le plaisir si doux d'être père :

De la Nature auguste loi,

Qu'il est affreux de ne point suivre !

Ah ! quand verrai-je autour de moi

Des mortels satisfaits de vivre ?

Qu'il est cruel de voir des yeux,

Où l'Amour tendre & vertueux

Eût peut-être choisi des armes,

A force de verser des larmes,

Perdre tout l'éclat de leurs feux ?

Quelles images effrayantes,

Que la foiblesse & la laideur,

De l'indigence & du malheur

Filles tristes & languissantes,

Remplaçant les roses brillantes

De la jeunesse & du bonheur !

O réfléxion trop amère !

Sous le chaume & fous les lambris,

Tout offre à mes yeux attendris

L'affreux tableau de la mifère.

Dans le fracas de la grandeur,

Dans le filence de nos plaines,

Je vois les rêves du bonheur,

Et la réalité des peines.

Toi, dont l'Amour eft l'Apollon,

Qui, pour luth, prends une mufette,

Toi, dont Vénus fouvent répéte

Les jolis Vers & la Chanfon ;

O toi ! dont les douces folies

En momens changent tous mes jours ;

O toi ! qui toujours te varies,

Et qui te reffembles toujours ;

Ami fidèle, Amant volage,

Qui defires fans foupirer ;

Philofophe ſenſible & ſage,

Qui ſçais rire & qui ſçais pleurer ;

De tous les Amis le plus tendre ,

Et des cœurs le plus généreux ;

Cher ARISTE , ah ! daigne m'apprendre

Ce qui pourra me rendre heureux.

Eſt-ce l'idole de la Gloire ?

Eſt-ce l'aveugle Ambition ?

Sans être heureux, on voit ſon nom

Inſcrit aux Faſtes de Mémoire.

Sourd aux cris de l'humanité ,

Faudra-t-il , farouche & ſauvage ,

Dans des champs fumans de carnage ,

Courir à l'Immortalité ?

Que dis-je ? Superbe Immortelle ,

Tu m'offres ta noble faveur ;

Gloire, ta couronne eſt trop belle ,

Pour perdre ſes droits ſur mon cœur.

Dans cet art brillant & terrible,

Où nul mortel n'eſt invincible,

Où l'on a la mort à braver,

Si d'autres ont vu l'art de nuire,

De maſſacrer & de détruire,

J'y vois celui de conſerver.

Le talent du grand Capitaine

N'eſt point d'épouvanter l'arêne

Des cris de l'inhumanité :

La palme la plus eſtimable,

Le laurier le plus honorable

N'eſt pas le plus enſanglanté.

Gloire, ce feu qui t'environne,

Ces éclairs, ces nobles ardeurs

Dont tu conſumes tous les cœurs,

Dans les champs poudreux de Bellonne ;

La reſplendiſſante couronne

Dont

Dont tu ceins le front des vainqueurs,

Cet élan fougueux & superbe

Du courſier bondiſſant ſur l'herbe,

Aux premiers accords du clairon ;

L'oubli du péril qu'on affronte,

Cette terreur foudaine & prompte

Qui fuit & précéde un grand nom,

Tout montre la flâme divine,

Tout montre l'immortel rayon

Où tu puiſas ton origine.

Tous les objets, quand ils ſont grands,

Pour mon cœur ont toujours des charmes :

Au ſein du tumulte & des armes,

ARISTE, il eſt de beaux momens.

Ces machines inconcevables,

Qu'une ſeule voix fait mouvoir ;

Ces corps aveugles, innombrables,

Dont l'union fait le pouvoir ;

Ce myſtère utile & terrible,

Qu'exigent tous les moûvemens ;

Cette fougue noble, invincible,

Qui fixe les événemens ;

Cette image vaſte & puiſſante

Embraſe le cœur indompté :

L'imagination brûlante

Se plaît dans cette immenſité.

Qu'avec tranſport je me rappelle

Et me repréſente ce jour ;

Où mon ame avide & nouvelle

S'élançoit au ſon du tambour !

Où cette âme jeune, enflâmée,

Vive & facile à s'émouvoir,

Parvint enfin à concevoir

La grande énigme d'une Armée !

Mais quelle folâtre vapeur,

Et quel feu paſſager m'inſpire ?

Où m'emporte un fougueux délire ?
Où vais-je chercher le bonheur ?

Amitié, toi qui nous enflâmes,
Des Dieux confolante faveur,
Aliment facré de nos âmes ;
Toi qui foulages la douleur ;
Heureux ! quand on porte tes chaînes,
Sans langueurs, fans fougueux defirs,
On n'a que la moitié des peines ;
On a le double des plaifirs.
ARISTE, aux rives du Permeffe,
Toujours amis, toujours rivaux,
D'un Amant & d'une Maîtreffe,
Nous avons les biens fans les maux.
Les charmes de la confiance
Sans ceffe embelliffent nos jours ;
Et jamais l'altière éxigence
Ne vient en altérer le cours :

Mais, bien fûrs de notre indulgence,

Nous nous difons tout fans détours.

Nous chaffons ces viles foupleffes,

Et ces fubtiles petiteffes,

Faites pour l'orgueil & les Sots ?

Nous connoiffons tous nos défauts,

Et nous pardonnons nos foibleffes.

Si quelquefois la paffion,

Si quelque vapeur paffagère ,

Du flambeau de notre raifon,

Obfcurcit la foible lumière ;

Ce n'eft point une main févère

Qui vient déchirer le rideau :

Mais la Sageffe, pour nous plaire,

Sçait éclaircir fon front auftère ;

Et, quittant fon trifte manteau,

D'une main douce & falutaire,

Détache, en riant, le bandeau.

Ariste, hélas! quand la Nature

Nous eût tirés des mêmes flancs,

Nos cœurs feroient-ils plus conftans,

Et notre tendreffe plus pure?

Va, nos liens font affermis;

Va, nos chaînes nous font plus chères:

C'eft le hafard qui fait les frères;

Et la vertu fait les Amis.

F I N.

BIBLIOTHEQUE ROYALE

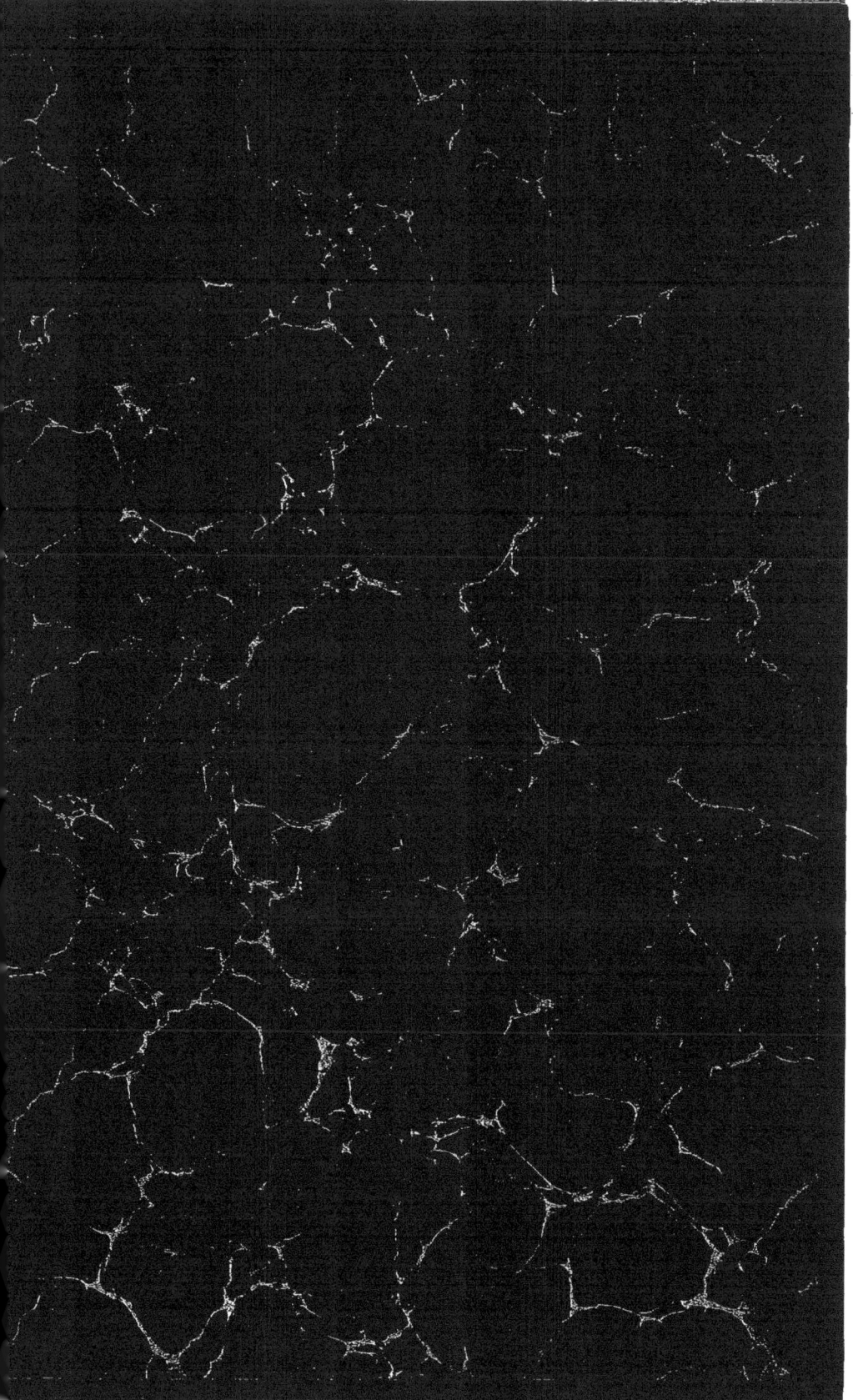

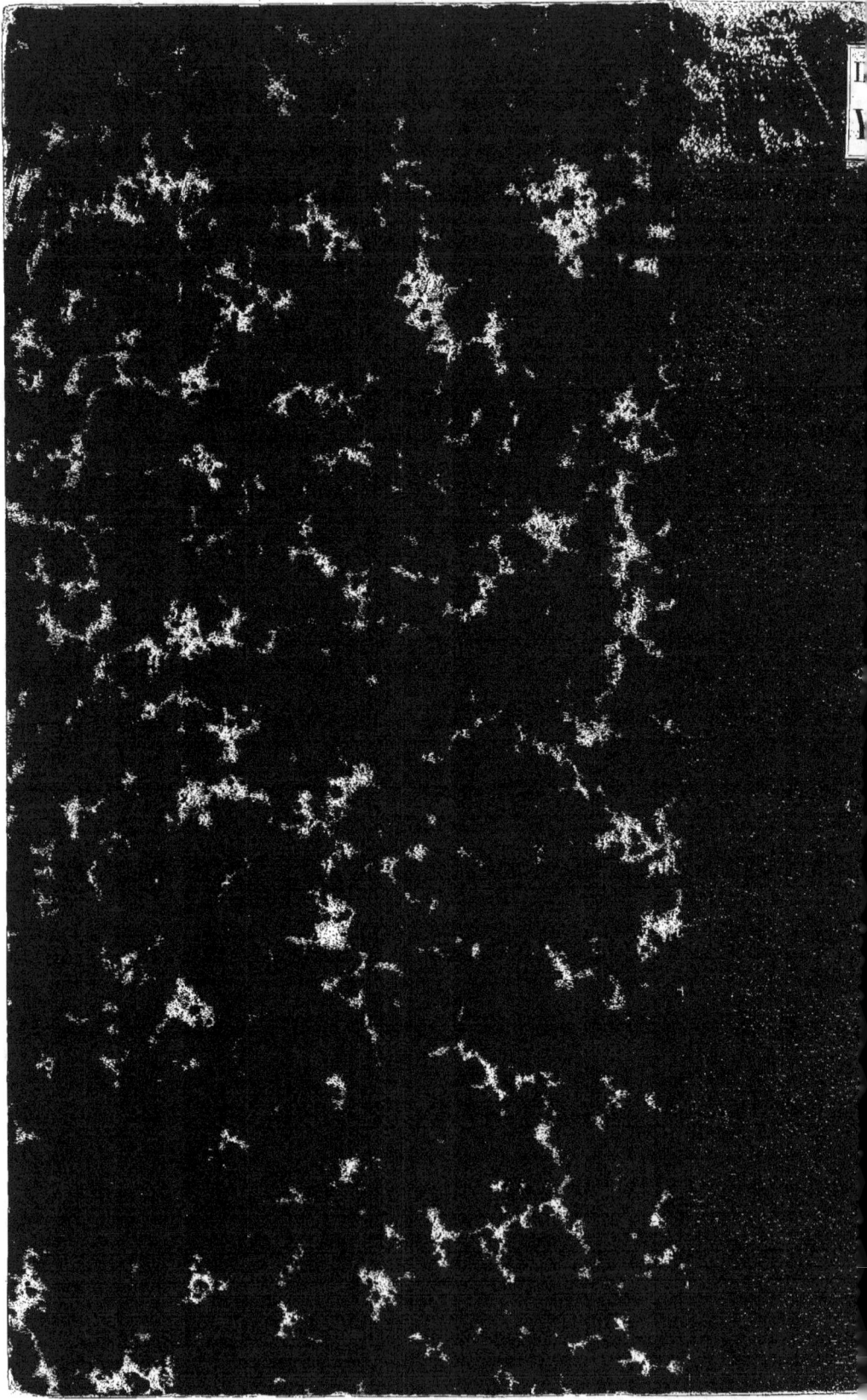

RÉSER

2 4 5

www.ingramcontent.com/pod-product-compliance
Lightning Source LLC
Chambersburg PA
CBHW072257210626
46818CB00017B/614